Dyma Sara Sero.
Helo, Sara Sero! Sut wyt ti?

1

Mae gan Sara Sero dŷ newydd. Ond
dydy hi ddim yn edrych yn hapus.
Be' sy'n bod, Sara Sero?
Mae Sara yn unig.

Cnoc cnoc ar y drws.
"Helo, Sara Sero! Alun Un dw i!"

Mae Alun Un yn byw drws nesaf i
Sara Sero.
Mae o eisiau bod yn ffrind i Sara.

"Does gen i ddim ffrind, Alun Un."

"Dim ffrind?"

"Dim un! Sero!"

"Mae gen ti ffrind nawr, Sara Sero! Dw i'n ffrind i ti! Croeso i Stryd y Rhifau, Sara Sero!"

Mae Alun Un wedi dod â chacennau yn anrheg i Sara Sero. Dwy gacen.

Un gacen i Sara Sero, ac un gacen i
Alun Un. Mmm! Blasus!

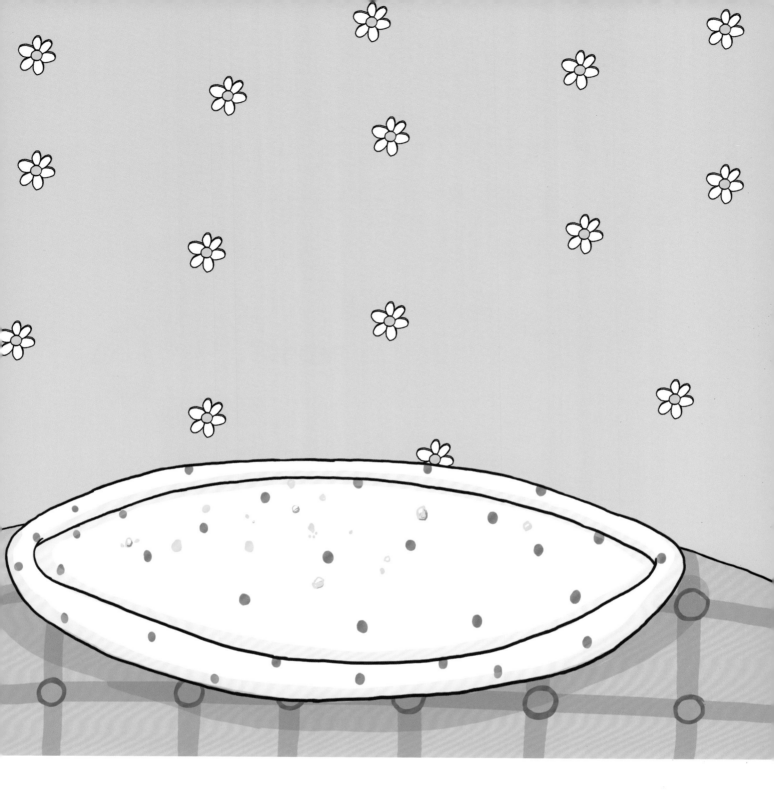

Faint o gacennau sydd ar ôl?
Dim un gacen! Sero!

Mae Sara Sero'n hapus nawr.
Mae ganddi un ffrind – Alun Un.
.

Ydych chi'n gweld
**0** o'ch cwmpas?